Der Tantramasseur

AF218892

von

Lena Pohl

Buchbeschreibung:

Dieses Buch beschreibt Eva-Maria´s Weg zu einer unvergesslichen Tantramassage mit Tom, einen für sie bislang unbekannten Tantramasseur. Eva-Maria ist eine 28-jährige Frau, die sich vor 4 Jahren von Ihrem Mann getrennt hat. Seitdem lebt sie alleine. In den letzten Monaten verstärkten sich ihre Sehnsüchte nach körperlicher Nähe, Berührungen und Intimitäten. In ihrer Fantasie und Träumen durchlebte sie bereits sexuelle Abenteuer. In einem Fitnessstudio hörte sie zufällig, wie sich zwei Frauen über Tantramassagen unterhielten. Eine dieser beiden Frauen hat sich in einem Tantra Studio eine Tantramassage geben lassen. Das, was sie hörte, hat ihr Interesse geweckt.

Über die Autorin:

Die Autorin, Lena Pohl, hat den Tantramasseur und
die Protagonistin persönlich kennengelernt.
Dieses Buch ist ihre erste Buchveröffentlichung.

1. Auflage, 2021

© 2021 Alle Rechte bleiben der Autorin vorbehalten.

ISBN 978-3-75572-741-5

Herstellung und Verlag: BoD – Books on Demand,
Norderstedt

Kapitel 1

Mir fehlt körperliche Nähe

Der Wecker holte mich um 5.30 Uhr mit einer sanften Relaxingmusik aus dem Schlaf. Es war ein trister Freitag Mitte November. Der Regen prasselte unaufhörlich gegen die Fensterscheiben. Ein Grund mehr, mich umzudrehen und weiter zu schlafen. Ich war diszipliniert genug, jetzt aufzustehen. Meine tägliche Morgenroutine bestand darin, den Kaffeekocher anzustellen. Danch eine Katzenwäsche im Bad. Wenn das erledigt ist, nehme ich den frisch aufgebrühten Kaffee und mein iPad mit in das Schlafzimmer. Früh morgens lese ich gerne im Bett verschiedene digitale Tageszeitungen. In der heutigen Ausgabe sah ich auf der Titelseite einen gutaussehenden Mann. Es handelte sich in dem Artikel um einen aufstrebenden Jungpolitiker. Sein Foto erinnerte mich an den Mann, von dem ich in der vergangenen Nacht geträumt habe. Ich versuche mich zu erinnern. In diesem Traum begegnete ich einen gut aussehenden Mann, als wir gemeinsam einen Fahrstuhl betraten. Der Mann auf dem Foto sah ihn verblüffend ähnlich. Er trug einen hochwertigen, dunkelblauen Businessanzug. Dazu ein weißes Hemd, braune Lederschuhe, die farblich zu seinem Gürtel passten. Seine Haare waren dunkelbraun und kurz geschnitten. Im Fahrstuhl waren wir alleine. Es ist sonst niemand zugestiegen.

Er schaute mich an, lächelte und fragte in welches Stockwerk ich möchte. Ich hielt seinem Blick stand und sagte ihm, dass ich in den 7. Stock möchte. Daraufhin drückte er zunächst die 5 und dann die 7. Seine blauen Augen waren auffallend. Er hatte einen hypnotisierenden Blick. Sein Anblick faszinierte mich. Das registrierter er natürlich sofort.

Mein Gott, ich war so verlegen, dass meine Wangen erröteten.

Er wandte sich mir zu. Schon bei seinem Anblick schmolz ich dahin. Was ich überhaupt nicht erwartete, dennoch tatsächlich passierte. Er griff sanft nach meinen Schultern und zog mich zu sich. Wir standen uns gegenüber. Etwas verwirrt und vielleicht auch hormongesteuert ließ ich es zu. Sein Kopf näherte sich meiner Wange. Ich wich nicht zurück. Dann küsste er mich sanft auf die Wange. Meine Beine wurden weicher. Mein Herz schlug rasend schnell. Dann führte er seine Lippen entlang meiner Wange zu meinem Mund. Ich spürte seine Zungenspitze, die an meinen geschlossenen Lippen anklopfte. Ich öffnete vorsichtig meinen Mund. Unsere Zungenspitzen begegneten sich. Seine Zunge fühlte sich weich an. Im weiteren Verlauf presste er seine Lippen auf meine und es entwickelte sich ein leidenschaftlicher Kuss. Unsere Zungen begegneten sich. Dabei umfasste er mit beiden Händen meinen Po und griff kräftig an meine Pobacken. Er zog mich mehr an sich heran. Dann drückte er unvermittelt die Stopptaste des Fahrstuhls. Wir sprachen weiterhin kein Wort miteinander.

Er griff mir mit beiden Händen unter meinen kurzen Rock. Mit einem gekonnten Griff zog er meinen Slip runter. Ich befreite mich des Schlüpfers mit einem perfekten Beinschwung. Gleichzeitig öffnete ich seinen Gürtel und den Reißverschluss seiner Hose. Sein Schlüpfer war stark ausgebeult. Offensichtlich hat er eine Erektion. Reflexartig bewegte ich mich in die Hocke und schob dabei seine Hose und den Schlüpfer nach unten. Ich blickte auf seinen schön geformten Penis, den er in seiner vollen Pracht ausgefahren hat. Ich schaute hoch zu ihm und nahm gleichzeitig seine Eichel in den Mund. Er schmeckte gut. Meine Zunge bearbeitete intensiv dieses Prachtstück. Zwischendurch saugte ich fest daran, wie eine Saugschmerle im Aquarium. Er hatte sicher den Eindruck, dass ich alles aus ihm heraussaugen möchte. Ich schmeckte den Saft, den sein Penis absorbierte. Ihm schien es zu gefallen. Im Wechsel lutschte ich an seiner Eichel und bewegte den Kopf mit kurzen Vor- und Zurückbewegungen. Dann griff er nach meinem Kopf und begann ihn mit den Händen zu führen. Das Tempo wollte er vorgeben. Vielleicht um Kontrolle über das Geschehene zu behalten. Seine Bewegungen wurden schneller. Zwischendurch schob er seinen Penis tief in meinen Hals. Es entwickelte sich daraus bei mir ein Würgereflex. Aber das war auszuhalten. Offensichtlich turnte ihn das an. Ich ließ es zu. Unvermittelt zog er mich zu sich hoch. Wir küssten uns wieder intensiv. Dann drehte er mich um und presste meinen Oberkörper gegen die Fahrstuhlwand.

Mit beiden Händen stützte ich mich an der Wand ab. Seine Hand griff von hinten an meine feuchte Muschi. Ich war nass und bereit. Dann spürte ich seinen harten Schwanz, als er in mich eindrang. Im ersten Moment durchzuckte es mich. Ich konnte sein Lustspender in mir spüren. Wie er an der Scheideninnenwand rieb. Er füllte mein enges Fötzchen voll aus. Meine Nervenzellen im gesamten Feuchtgebiet waren hochsensibel. Jede Bewegung ließ mich unkontrolliert zucken. Er vögelte mich zunächst langsam und vorsichtig. Zunehmend wurde es dann schneller und auch härter. Wenige Augenblicke später knallte mein Oberkörper bei jedem einzelnen Stoß gegen die Fahrstuhlwand. Ich konnte diese Wucht noch soeben abfedern. Mein Lustzentrum hat komplett die Kontrolle über meine Gedanken übernommen. Ich wollte nur, dass er so weiter macht. Er beherrschte mich und ich war sein. Es war die pure Lust, die mich überkam. Wir fickten in einem öffentlichen Fahrstuhl, aber es war mir in diesem Moment völlig egal. Dann kündigte sich in mir eine große Welle an. Ein klares Vorzeichen. Da braute sich ein Orgasmus zusammen. Mit jedem Stoß stöhnte ich lauter. Meine Atmung wurde heftiger. Je näher dieser Orgasmus kam, um so langsamer und gefühlvoller rammte er seinen Penis in mich rein. Ich konnte spüren, dass er ebenfalls kurz vor seinem Höhepunkt stand. Wenige Sekunden später stöhnte er laut auf. Ich bemerkte, wie er sich in mir ergoss. Seine Zuckungen waren unkontrolliert und hielten recht lange an. Er versuchte, sein Stöhnen zu unterdrücken.

Gleichzeitig explodierte es in mir. Ich bekam einen wunderbaren, langanhaltenden Orgasmus. Die Zeit hätte jetzt stehen bleiben können. Alles in mir zog sich zusammen und die um meinen Intimbereich traktierten Das tat mir einfach nur gut.

Eine bizarre Situation. Wir sprachen weiterhin kein Wort miteinander. Schnell zogen wir uns an, richteten unsere Haare ein wenig und dann stellte den Stoppschalter des Fahrstuhls um, damit sich dieser wieder in Bewegung setzt. Wenige Sekunden später erreichten wir die fünfte Etage. Er stieg aus dem Fahrstuhl und lächelte mich im Vorbeigehen an. Ich wusste nicht einmal seinen Namen. Andere Personen betraten den Fahrstuhl. Offensichtlich merkte niemand, was zuvor in diesem Raum passiert ist. Zwei Stockwerke höher stieg ich ebenfalls aus.

Bei der kleinen Morgenwäsche zuvor im Bad stellte ich fest, dass mein Höschen völlig nass war. Der Grund war offensichtlich dieser Traum, der mich wahnsinnig erregt hat. Nicht ohne Grund werden solche Erlebnisse „feuchte Träume" bezeichnet. Obwohl ich im realen Leben mich niemals auf so einen „one night stand" einlassen würde, war ich in diesem Traum sehr mutig. Jetzt lag ich mit dem iPad in der Hand im Bett und betrachtete die erste Seite einer großen überregionalen Boulevardzeitung und das Foto eines Jungpolitikers löste bei mir wieder Kopfkino aus.

Seit der Trennung von meinem Mann ist mein Sexleben regelrecht eingefroren. Vorher hatte ich alles, was sich eine Frau wünschen konnte. Vor allem einen netten und rücksichtsvollen Ehemann. Die ersten gemeinsamen Jahre waren sehr schön. Er war rücksichtsvoll, zuvorkommend und einfühlsam. Unser Sexleben verdiente die Note 1. Wir experimentierten und probierten einiges aus. Zum Beispiel hatten wir gemeinsamen Outdoorsex. Sind auch mal in einen Swingerclub. Aber das war nichts. Mein Mann war zu eifersüchtig und ich traute mich dann nicht, das Thema weiter zu vertiefen. Nach 6 Ehejahren flachte unsere Liebe langsam und kontinuierlich ab. Seine Leidenschaft im Umgang mit mir ließ nach. Er bemühte sich nicht mehr um mich. Die Tage wurden zur Routine. Wir hatten kaum Sex und wenn, dann nur um seine Bedürfnisse zu befriedigen. Mein Gefühlsleben oder meine Empfindungen interessierten ihn überhaupt nicht mehr. Wie gesagt, gemeinsamer Sex fand kaum statt. Meistens nur Oralverkehr. Das hat er schon immer genossen und er erwartete in diesen Situationen von mir, dass ich ihn oral befriedige. Selbstverständlich wollte er auch in meinen Mund kommen oder mir ins Gesicht spritzen. Früher war das für mich kein Problem, aber zum Ende hat es mich nur noch angewidert. Ich frage mich heute, warum ich das alles zugelassen habe. Vielleicht wollte ich ihn damit beeindrucken? Sein Verhalten war nicht normal. Erst später fand ich heraus, dass er mich über 2 Jahre hinweg mit verschiedenen Frauen betrogen hat. Nachdem ich ihn in flagranti erwischt habe, warf ich ihn aus der gemeinsamen Wohnung. Unsere Ehe wurde 12 Monate später geschieden. Es ist jetzt 3 Jahre her. Einen neuen Mann gab es seitdem nicht in meinem Leben. Das erklärt wahrscheinlich auch die zunehmenden erotischen Träume. Ich meine, solche Träume, wie in der vergangenen Nacht und auch in den Nächten zuvor. Scheinbar beschäftigt mich das unterbewusst sehr.

Ich war immer noch erregt. Meine Hormone spielten zurzeit verrückt. Jetzt hatte ich das Bedürfnis, mich noch vor der Arbeit selbst zu befriedigen. Das war ein Drang, den ich derzeit nicht kontrollieren kann. In meiner Fantasie stellte ich mir vor, dass dieser Mann auf dem Foto gleich mein Zimmer betritt......

Mit meiner besten Freundin Pia kann ich über alles reden. Mir gefällt, dass sie kein Blatt vor dem Mund nimmt. Sie bringt die Dinge auf den Punkt und spricht, alles so aus, wie es ihr in den Sinn kommt. Neulich sagte sie, dass ich mir doch einen Kerl suchen solle. Wenn Sie so untervögelt wäre wie ich, dann hätte sie längst etwas unternommen. Sie weiß von mir, dass ich one night stands nicht mag. Ich möchte nicht mit wildfremden Männern sofort in´s Bett springen. Aber Kopfkino ist immer erlaubt. Diese künstlerische Freiheit nehme ich mir.
Ich betrachtete das Bild dieses Sportlers auf dem iPad. Dann schloss ich die Augen und stellte mir vor, dass er gleich zur Tür hereinkommt. Ich war stark erregt. Zwischen meinen Schenkeln wurde es wieder glitschig.

Mein Puls erhöhte sich merklich. Ich führte die rechte Hand unter die Bettdecke und den Mittelfinger in Richtung Schamlippen. In Gedanken sehe ich diesen Mann, wie er sich über mich beugt. Seine Hände berühren meinen Slip. Er streift ihn behutsam nach unten. Dann kniete er sich vor meinem Bett und zieht meinen Körper etwas zu sich. Anschließend spürte ich seinen Kopf zwischen den Innenschenkeln. Ich fühlte seine Zunge, wie er mich intensiv leckt. Seine Zunge umkreist den besonderen Punkt meiner Muschi. Eine Stelle, die am empfindlichsten reagiert. Meine Reaktion darauf nahm er wahr. Wie gekonnt er seine Zunge einsetzen konnte. Das machte er wirklich gut. Seine Bewegungen wurden heftiger. Zwischendurch steckte er die Zunge in kurzen Abständen tief in mich hinein. Was für ein Gefühl. Ich stöhnte laut auf. Mein Körper bebte. Er bemerkte, dass ich bald einen Orgasmus bekomme. Wohlwissend der bevorstehenden Explosion saugte er weiter an meinen Schamlippen. Seine Zunge berührte wieder diese besonders empfindliche Stelle. Ich vermute, es ist mein G-Punkt. Im Wechsel, zunächst langsam und dann schneller, umkreise seine Zunge diesen G-Punkt.. Ich kann es nicht länger hinauszögern. Eine Explosion durchzog meinen Körper. Ich sehe nur Sterne und habe das Gefühl für Raum und Zeit verloren. Ein Orgasmus der intensiveren Kategorie überkam mich in einer Intensität, die mein Körper bisher nicht erlebt hat. Zunächst zuckte es leicht im Unterleib. Diese Zuckungen verstärkten sich im Sekundentakt und breitete sich auf andere Regionen meines Körpers aus.

Ich hatte das Gefühl, dass sich alle Körperfunktionen bewusst reduzieren, um diesen Orgasmus viel Kraft zu geben. Meine Muskeln im Unterleib zogen sich langanhaltend zusammen. Es überschüttete mich ein Glücksgefühl nach dem anderen. Ich genoss es sehr. Nur, ich bemerkte zunächst nicht, dass mein Handgelenk schmerzte. Es war meine rechte Hand, die sich permanent in der Lusthöhle bewegte. Was soll es. Kollateralschäden kommen vor. Meine Fantasie war die Keimzelle für diesen Orgasmus. Die Finger haben diesen herbeigeführt. Mir blieb, außer Masturbieren, nichts anderes übrig. Viele Frauen befriedigen sich selbst. Ich muss mich deshalb nicht dafür schämen. Nachdem sich mein Körper etwas beruhigt hat, trank ich noch den Kaffee in Ruhe aus und schaute in die digitale Zeitung. Danach machte ich mich für die Arbeit fertig.

Auf dem Weg zur Arbeit reflektierte ich nochmals meinen Traum und mein Lustempfinden. Mir wurde klar, dass sich etwas ändern musste. So kann es nicht weitergehen. Nur von Sex träumen und den Männern aus dem Weg gehen, ist keine dauerhafte Lösung. Ich bin jetzt 28 Jahre. Im besten Alter. Ich sollte mich wieder für Männer interessieren. Deshalb freue ich mich schon darauf, bald wieder meine beste Freundin Pia zu treffen. Sie gibt mir immer viel Zuspruch und Ratschläge in solchen Fragen. Wir kennen uns schon seit der Grundschule und waren immer unzertrennlich. Leider verstand sich mein geschiedener Mann mit ihr nicht so gut. Nach der Trennung lebte unsere Freundschaft wieder auf.

Kapitel 2

Ich möchte eine Tantramassage

Nach der Arbeit bin ich direkt zum Fitnessstudio. Dort absolvierte ich meinen Kurs, duschte und begab mich auf dem Heimweg. Ich war zu kaputt, mir etwas zu kochen. Deshalb legte ich mir eine Pizza in den Backofen. Als OP Schwester im städtischen Klinikum habe ich einen verantwortungsvollen Job. Aufgrund permanenter Unterbesetzung in unserer Klinik verbleibt uns kaum Zeit für Ruhepausen. Deshalb komme ich meistens gestresst nach Hause. Ich befand mich in meiner Küche und dachte über ein Gespräch nach, welches ich unfreiwillig in der Umkleidekabine des Fitnessstudios mitbekam. Zwei Frauen unterhielten sich. Eine berichtete, dass sie wieder eine Tantramssage in einem Tantrastudio erhalten hat. Sie sagte, dass sich diese Tantramassage erneut erstklassig angefühlt hat. Eine Tantramassage von diesem Schnuckelchen, der sich dort Dennis nennt. Sie sagte, dass sie sich in den letzten Monaten mehrfach diesen Spaß gegönnt hat. Nicht nur wegen dieser einzigartigen Massage, sondern auch, weil ihr Tantramasseur ein gutaussehender und gutgebauter Mann sei.

Leider hatte ich keinen blassen Schimmer davon, was in einem Tantrastudio passiert. Den Begriff der Tantramassage kannte ich. Diesen habe ich gedanklich mit Praktiken des Kamasutras verknüpft. Sex in einfachen und auch komplizierten Stellungen.

Die Pizza befand sich im Backofen und ich hatte Zeit zum googeln. Meine Schlagwörter waren „Tantra – Tantramassage – Nurumassage und einige andere Begriffe, die ich mal aufgeschnappt habe. Demnach ist eine Tantra Massage, wenn sie seriös durchgeführt wird, eine sinnliche und absichtslose Ganzkörpermassage.

Ich lernte Begrifflichkeiten, wie Nehmende und Gebender. Der Begriff: Nehmende bezieht sich auf die Person, welche massiert wird. Der Gebende ist der Tantramasseur. Bei der Tantramassage sind beide nackt. Jede Stelle des Körpers wird während der Massage sinnlich massiert. Die Tantramassage hat ihren Ursprung in Indien. Es ist eine lustvolle Praktik, bei der man seinen Körper, den Geist und die Sexualität bewusster, auf einer anderen Ebene, wahrnehmen wird. Sinnlichkeit wird in dieser einzigartigen Form mit Spiritualität verbunden.

Neben der äußerlichen Tantramassage gibt es auch den Begriff der „innerlichen Tantramassage". Diese zielt auf das Wohlbefinden ab. Sich im eigenen Körper wohlzufühlen, schön und attraktiv zu finden, sind nur 2 Schlagwörter, die zu erwähnen sind. Während der Tantramassage wird tantrische Musik gespielt, die zusätzlich das emotionale Wohlbefinden steigert. Nehmende sollen bewusst in die Musik hinein hören und sich nicht nur von sexuell geleiteten Gedanken einnehmen lassen. Der Tantramasseur wird jede Stelle des Körpers berühren.

Viele, die das erlebt haben, sind überrascht. Nehmende berichten, dass sie nie zuvor so aufmerksam und intensiv berührt und beachtet wurden. Sie hatten zu keinem Zeitpunkt das Gefühl, dass der Tantramasseur sexuelle Absichten hegte.

Aber Vorsicht. Einige Trittbrettfahrer nennen sich Tantramasseur und benutzen diese Bezeichnung nur, um an schnellen Sex zu kommen.

Wer sich auf eine Tantramassage einlässt, sollte sich fallen lassen können und die Fantasie und Freiheit geben, Emotionen zuzulassen. Emotionen, die durch die Nähe und Berührungen entstehen.
Bei einer guten Tantramassage werden erotische Spannungsbögen aufgebaut. Auch durch Berührungen des Geschlechtsteils. Eine Tantramassage soll nicht darauf abzielen, auf einen Orgasmus hinzuwirken. Solche Absichten erzeugen nur Leistungsdruck. Die Tantramassage sollte frei von allen Erwartungen sein. Der Genuss wird durch ganzheitliche Berührungen erzeugt. Nicht durch die hauptsächliche Penetration des Geschlechtsteils. Entsteht während der Tantramassage ein Orgasmus, ist dieser selbstverständlich willkommen. Niemand sollte jedoch denken, dass dies das Ziel einer Tantramassage ist. Nachdem ich diese Informationen gelesen habe, schlug mein Herz höher. Mir kam sofort der Gedanke, dass es was für mich und meine derzeitige Situation sei. Genau das fehlte mir. Berührungen und körperliche Nähe.

Etwas mehr als 4 Jahre ist es her, dass mich ein Mann intim berührt hat. Deshalb überlegte ich jetzt ernsthaft, für mich eine Tantramassage zu buchen. Ich durchstöberte das Internet und suchte nach Tantrastudios in meiner Wohnortnähe. Mir ist aufgefallen, dass die Webseiten der Tantrastudios ähnlich aufgebaut sind. Vieles liest sich inhaltlich gleich.

Sinnliche Ganzkörpermassage mit tantrischen Ritualen. Eine Tantramassage beinhaltet einige Massagerituale. Der Körper, inklusive des Intimbereichs, wird sensitiv massiert und phasenweise stimuliert. Es werden Hilfsmittel eingesetzt, wie Seidentücher, Kopfkrallen und vieles mehr. Das Ziel ist, dass du dich über den spirituellen Weg mit deinem Körper und deiner Seele auseinandersetzt und du dich im Idealfall in Ekstase versetzen kannst oder versetzt wirst. Dein Lustempfinden wird gesteigert. Geschlechtsverkehr findet jedoch nicht statt. Was mir noch aufgefallen ist; in den Studios arbeiten hauptsächlich Tantramasseurinnen. Masseure gibt es scheinbar nicht so viele. Aber ein Studio habe ich gefunden, dass Tantramassagen für Frauen von einem Tantramasseur anbietet.

Als ich die Preise für eine Tantramassage sah, war ich ernüchtert. Eine neunzigminütige Tantramassage kostet, je nach Anbieter, zwischen 120 € und 180 €. Das ist ernüchternd. Dennoch recherchierte ich weiter. Leider erfolglos. Preiswerte Angebote habe ich nicht gefunden.

Kapitel 3

Der Tantramasseur

Auf dem Küchentisch lag eine Ausgabe der kostenlosen Wochenzeitung. Ich blätterte bis zum Anzeigenteil. Mir fiel sofort eine Anzeige ins Auge.

„Tantramasseur bietet kostenfrei Tantramassagen"

Also, ein Tantramasseur bietet eine „kostenfreie Tantramassage" in einer Werbeanzeige an. Meine Neugier war sofort geweckt. In diesem Moment musste ich unweigerlich an meinen Traum der vergangenen Nacht denken. Dieser Traum hat mir körperlich gutgetan und Lust auf mehr vermittelt. Das war der Grund, weshalb ich jetzt über dieses Thema ernsthaft nachdachte.

Wenn ich mir tatsächlich eine Tantramassage gönnen will, eröffnen sich mir zwei Optionen. Entweder, ich buche eine Tantramassage in einem Tantrastudio oder ich setze mich mit dem Tantramasseur aus der Zeitungsanzeige in Verbindung. Was war nur der richtige Weg? Ich tendierte zu dem Masseur, der eine kostenfreie Tantramassage anbietet. Interessante Vorhaben müssen sofort umgesetzt werden. Andernfalls werden unter Umständen kritisch betrachtete Ideen auf die lange Bank geschoben und niemals umgesetzt.

Um eine Entscheidung zu treffen, stellte ich mir folgende Fragen:

„War ich bereit, mir eine Tantramassage in einem Tantra- studio geben zu lassen?" Und:

„War ich bereit, mir eine Tantramassage privat geben zu lassen"?

Alleine das Preisschild reichte aus, mir diese Fragen zu beantworten. Zwischen 120 € und 180 € wurden für 90 Minuten Vergnügen aufgerufen. Es war mir recht schnell klar, dass ein so hoher Preis nicht in meinem Budget lag. Deshalb entschied ich mich für die zweite Option. Ich wollte den Inserenten der Anzeige kontaktieren. Mich bei ihm direkt erkundigen, wie seriös sein Angebot ist. Eine mobile Telefonnummer war im Anzeigentext hinterlegt. Zugegebenermaßen bin ich ein kleiner Feigling. Mir fehlte der Mut, ihn anzurufen. Deshalb prüfte ich, ob er über die in der Zeitungsannonce angegebenen mobile Rufnummer einen WhatsApp Account eingerichtet hat. Schnell fand ich heraus, dass er über diesen Zugang erreichbar war. Deshalb schrieb ich folgende Nachricht:

Hallo lieber Tantramasseur, ich habe deine Anzeige gelesen und Interesse an einer Tantramassage. Bin ehrlich gesagt Neuling und habe das noch nie gemacht. Kannst du mir mehr darüber mitteilen? LG Eva-Maria

Überraschenderweise erhielt ich innerhalb weniger Minuten eine Antwort.

Tantramasseur
Liebe Eva-Maria, zunächst vielen Dank für dein Interesse. Ich bin der Tom. Ja, ich biete kostenfrei Tantramassagen für Frauen an. Kostenfrei deshalb, weil Tantra Massagen geben meine große Leidenschaft ist. Ich mache das nicht aus finanziellen Gründen. Meinen Lebensunterhalt verdiene ich in einer anderen Branche. Es gab für mich unschöne Lebensumstände, die dazu führten, dass ich ein Tantra Studio besucht habe. Meine erste Tantramassage als Nehmender hat mich so geflasht, dass ich es unbedingt lernen wollte. Ich habe in meiner Freizeit über einen Zeitraum von 12 Monaten eine Tantra Ausbildung absolviert. Ein Zertifikat dazu kann ich jederzeit vorlegen. Jetzt biete ich kostenfrei Tantramassagen an. Dazu solltest du wissen, dass ich es nur auf privater Basis mache. Ich möchte damit kein Geld verdienen. Das ist kein Job, sondern eine Passion für mich. Deshalb habe ich auch kein eigenes Tantrastudio. Ich mache nur Hausbesuche.

Eva-Maria

Das macht es trotzdem für mich etwas schwieriger. Einen fremden Mann so leichtfertig in meine Wohnung zu lassen, kann für mich gefährlich sein. Zumal hinzu kommt, dass eine Tantramassage stattfindet, bei der es, so habe ich es gelesen, intim zugeht.

Tom

Da stimmte ich Dir absolut zu, Eva-Maria. Das ist schon etwas Besonderes. Ich bin für dich ein fremder Mann.
Vor einer Tantramassage, wenn diese erstmals stattfindet, biete ich grundsätzlich ein persönliches Kennenlerngespräch an. Du lernst mich kennen und ich habe die Chance, dein Vertrauen zu gewinnen. Dabei erkläre ich dir die Philosophie und den Ablauf der Tantramassage. Was hältst du von dieser Idee? Lerne mich vorher kennen. Wenn die Chemie stimmt und du dir das vorstellen kannst, von mir massiert zu werden, können wir gerne einen Termin vereinbaren. Du gehst kein Risiko ein. Bei dieser Gelegenheit beantworte ich dir gerne weitere Fragen.

Eva-Maria

Das klingt gut. Darüber müsste ich nachdenken. Du nimmst kein Geld dafür? Verzeihe meine kritische Haltung. Hier im Netz vertraue ich niemanden.

Tom
Eva-Maria, ich verstehe deine Vorsicht. Nicht jeder, der hier Massagen anbietet, will Massagen geben. Viele versuchen auf diese Art und Weise ihre erotischen Fantasien auszuleben. Sie suchen möglichst kostenfreien Sex. Du buchst eine Massage und ein Lüstling nutzt das schamlos aus. Deshalb biete ich dir das Vorgespräch an. Lerne mich kennen und entscheide anschließend, ob du mir vertrauen möchtest. Du lernst mich kennen und gleichzeitig erkläre ich dir den genauen Ablauf einer Tantramassage.

Ich muss an der Stelle zugeben, dass der Chat mit Tom sehr angenehm war. Ich hatte das Gefühl, er ist ehrlich zu mir.

Eva-Maria
Tom, wie läuft denn so eine Tantramassage ab? Eine Massageliege habe ich nicht.

Tom
Die Tantramassage gebe ich nicht auf einer Massageliege. Wir müssten etwas improvisieren. Wenn du ausreichend Bodenfläche zur Verfügung hast, machen wir das auf dem Fußboden. Du benötigst einige Decken, damit du weich liegen kannst. Ich benötige um dich herum Platz. Da ich mit einem guten, hautverträglichen Öl arbeite, solltest du ausreichend Bettlaken auf diese Decken legen.

Es bleibt nicht aus, dass überlaufendes Massageöl Flecken verursacht.

Eva-Maria
Und wie läuft so eine Massage ab?

Tom
Die Tantramassage beinhaltet 5 Rituale. Diese jetzt zu erklären, würde zu weit führen und die Spannung ein wenig rausnehmen. Gehe bitte davon aus, dass du es genießen wirst. Du solltest dich während der Massage nur auf dich konzentrieren. Während ich dich sinnlich massiere, hast du die ganze Zeit über deine Augen geschlossen. Im Hintergrund hörst du tantrische Musik. Du stehst im Mittelpunkt des Geschehens. Ich bin nur der Gebende. Erwidern musst du nichts. Das gehört nicht zum Plan. Bleibe völlig bei dir und genieße jede Berührung. Höre in die Musik hinein. Eines ist sehr wichtig. Eine Tantramassage ist immer absichtslos. Sie führt nicht zum Geschlechtsverkehr. Das Ziel ist, dass du dich komplett entspannen kannst. Ich baue in unterschiedlichen Abständen erotische Spannungsbögen auf. Du wirst das merken. Ich werde dein Lustempfinden zeitweise kräftig erhöhen. Wir beide sind dabei ab dem dritten Ritual nackt. Mein Körper wird dein Körper völlig nahe sein. Bleibe dabei entspannt. Ich werde darauf achten, dass unsere Genitalien sich nicht vereinen. Darauf hast du mein Wort.

Eva-Maria
Ui, das klingt gut. Wann hast du Zeit für dieses Vorgespräch?

So spontan habe ich selten reagiert. In diesem Moment war ich mutig. Der Traum und meine Fantasien am frühen Morgen, waren in meinem Bewusstsein allgegenwärtig. Ist Tom der Mann aus meinem Traum oder der Jungpolitiker aus der Zeitung? Seine Antwort riss mich aus den Gedanken.

Tom
Eva-Maria, in welchen Stadtteil wohnst du?

Eva-Maria
Ich schicke dir die Koordinaten.

Über WhatApp schickte ich ihm die Koordinaten meines Stadtteils, ohne meine Wohnanschrift preiszugeben.

Tom
Das ist ja in meiner Nachbarschaft. Was hältst du von folgender Idee? Ich hätte heute Zeit. Lass uns doch gleich treffen? Ich hoffe, dir ist dieser Vorschlag nicht zu spontan?

Eva-Maria
Heute?

Tom
Warum nicht? Würde es dir um 19 Uhr passen?

Das ist ja schon in einer Stunde. Was antworte ich ihm jetzt? Das bin doch nicht „ich", hörte ich mich flüstern. Meine Neugier auf diesen Mann und die Aussicht auf eine mögliche Tantramassage war stärker. Ich hatte Herzrasen. Es pulsierte kräftig in meinem Hals. Ich konnte kaum einen klaren Gedanken fassen. Wenn ich ihn jetzt treffe, dann erfüllen sich einige meiner Träume........

Eva-Maria
In Ordnung, das können wir so machen. Was hältst du davon, wenn wir uns im Café del Sol treffen? Das ist ganz in meiner Nähe und ich kann dahin laufen.

Tom:
Gerne, 19 Uhr vor dem Eingang des Cafés. Du wirst mich erkennen. Ich trage eine blaue Jacke, blaue Jeans und ein weißes Hemd.

Durch die Schreiberei hatte ich die Pizza im Backofen vergessen. Ich verspürte keinen Hunger mehr. Dafür bin ich zu aufgeregt. Ich stellte den Backofen aus und begab mich ins Bad, um mich frisch zu machen.
Meine Nervosität nahm zu.

Um 19 Uhr erschien ich im Café del Sol. Ich stieg aus dem Auto und schaute mich um. Vor dem Eingang war niemand zu sehen. Deshalb begab ich mich zielstrebig zum Eingangsbereich und wartete davor. Links und rechts vor dem Eingang befand sich jeweils eine große Hollywoodschaukel. In diesem Augenblick sah ich zu meiner rechten Seite einen attraktiven, gutaussehenden Mann. Er sass da ganz entspannt und grinste mich an. Mein erster Gedanke war, dass er der Tantramasseur ist. In dem Moment stand er auf und kam lächelnd auf mich zu.

Tom
Du bist bestimmt Eva-Maria?

Eva-Maria
„Wenn du Tom bist, dann ganz sicher".

Wir lächelten beide. Schon war das Eis zwischen uns gebrochen. Tom umfasste mit beiden Händen meine Schultern, zog mich ein wenig zu sich heran und gab mir links und rechts einen Kuss auf die Wange. Ich nahm einen dezenten Geruch seines Rasierwassers wahr. Er roch gut. Tom ist groß gewachsen. Auffallend seine sportliche Figur und dieses sympathische Lächeln. Ich schätzte ihn auf ca. 40 Jahre. Etwa 190 cm groß. Unter seiner Kleidung konnte ich breite Schultern und einen durchtrainierten Body erkennen. Seine Haare waren hellbraun und kurz geschnitten.

Wir betraten das Café und suchten uns einen Platz am Eckfenster. In dieser Ecke des Cafés befanden sich keine weiteren Gäste. Somit auch keine unnötigen Zuhörer. Das war mir wichtig. Wir hatten ein sensibles Thema zu besprechen und es wäre mir peinlich, wenn fremde Leute mithören. Tom stellte sich nochmals vor und sagte mir, dass er Witwer sei. Seine Frau ist vor 4 Jahren durch einen Autounfall gestorben. In den ersten beiden Jahren hat er stark getrauert. Dann kam eine Zeit, da bemerkte er sein Defizit an Zweisamkeiten, Nähe und Berührungen. Sein Körper verriet ihn durch eindeutige Reaktionen, dass er unausgelebte Bedürfnisse hat. Es war nicht der fehlende Sex. Vielmehr vermisste er das Gefühl, einen Menschen zu berühren und berührt zu werden. Ein guter Freund empfahl ihm den Besuch in ein Tantrastudio. Dort könnte er das finden, was er derzeit vermisste. Er müsste auch kein schlechtes Gewissen haben. Schließlich ist ein Tantrastudio kein Bordell. Wer ein Tantrastudio besucht, erhält dort normalerweise sinnliche Massagen und keinen Sex. Ich sah Tom an. Seine Augen schienen im Moment etwas traurig. Was er erzählte, nahm ich ihm voll ab. Aus einem Besuch wurden regelmäßige Besuche. Ihm hat das so gut gefallen, dass er später die Techniken einer Tantramassage lernen wollte. Tom erkundigte sich nach einem geeigneten Ausbildungsstudio. Dort absolvierte er über einen Zeitraum von 12 Monaten, jeweils an den Wochenenden, Tantrakurse. Als er diese Kurse erfolgreich beendete, wusste er zunächst nicht, wie er seine gelernten

Fähigkeiten anwenden sollte. Er besaß kein Studio und niemanden, den er massieren konnte. Deshalb entschloss Tom sich, kostenfreie Tantramassagen anzubieten.

Er schaltete Print- und digitale Anzeigen auf Onlineportalen. Das er damit kein Geld verdienen möchte, hat er in der Anzeige hervorgehoben. Tantramassagen geben ist seine Leidenschaft, die er ohne finanzielles Interesse anbietet. Die Nachfrage war groß. Es meldeten sich viele Frauen bei ihm. Eine Vielzahl der Interessentinnen waren nicht besuchbar. Wahrscheinlich, weil ein Partner und/ oder Kinder daheim waren. Vielleicht auch aus Angst vor dem Besuch eines fremden Mannes. Alles verständliche Gründe. Andere Frauen wollten nicht zuhause besucht werden, sondern in einem Hotelzimmer. Etwa ein Drittel der Interessentinnen stimmten dem Hausbesuch zu. Das ist sein Klientel, welches er hauptsächlich bedient. Jetzt führte uns mein Interesse an einer Tantramassage und die Bereitschaft, bei mir zuhause massiert zu werden, zusammen.

Ich erzählte ihm meine Geschichte. Tom hörte aufmerksam zu. Er stellte mir keine privaten Fragen. Er registrierte das Gehörte, nickte verständnisvoll und fragte mich, was ich von einer Tantramassage erwarte. In dem Moment verfärbte sich mein Gesicht. Ich wurde rot wie eine Tomate. Klar, ich hatte durch den nächtlichen Traum eine Erwartungshaltung. Tom sollte das eigentlich nicht wissen. Er ist schließlich kein Loverboy. Ich wusste zunächst nicht, was ich darauf antworten sollte. Die halbe

Wahrheit war ja keine Lüge. Deshalb sagte ich ihm, dass meine Sehnsucht nach Nähe und erotischen Berührungen sehr groß wäre und ich hoffte, dass ich dies bekomme. Den Teil des Sexwunsches behielt ich für mich.

Tom war ein guter Zuhörer. Er verstand meine Gefühlslage. Unverhofft fragte er mich, ob ich jetzt Zeit hätte. Er fände mich sympathisch und könnte sich gut vorstellen, mir jetzt eine Tantramassage zu geben. Wir müssten das nur bei mir machen, da seine Tochter bei ihm lebt und er deshalb in seiner Wohnung keine Tantramassagen anbietet.

In diesem Moment schossen mir tausend Gedanken durch den Kopf. *„Oh Gott, ist meine Wohnung aufgeräumt – habe ich mich an den Beinen und im Intimbereich rasiert – will ich einen fremden Mann zu mir nach Hause einladen?"* Fragen über Fragen. Sollte ich ihn jetzt mit zu mir nach Hause nehmen? Einen fremden Mann, den ich erst vor dreißig Minuten kennengelernt habe? Eines ist klar, ich bin alt genug, um zu wissen, was ich tue. Mutig stimmte ich zu. Tom hat die Rechnung übernommen, obwohl ich meinen Kaffee selbst bezahlen wollte. Tom´s Auto befand sich auf dem Gästeparkplatz. Er holte seinen Rucksack aus dem Wagen und wir sind dann zu Fuß auf den direkten Weg zu mir nach Hause. Meine Wohnung war Gott sei Dank aufgeräumt. Ich bat Tom, sich im Wohnzimmer gemütlich zu machen, und stellte ihm ein

Glas Wasser auf den Tisch. Tom öffnete seinen Rucksack und holte sein iPad heraus.

Kurz darauf hörte ich „**Moment to Moment**" von *Veet Vichara*. Eine schöne, ansprechende tantrische Musik. Anschließend legten wir gemeinsam fest, wo wir die Decken für unsere Tantramassage platzieren. Das Doppelbett im Schlafzimmer eignete sich nicht für eine Tantramassage. Tom benötigt ausreichend Platz um mich herum. Das Wohnzimmer war der ideale Ort. Ich holte vier kuschelige Decken und breitete diese auf dem Boden aus. Darauf legte ich ein Bettlaken, dass später gut zu waschen ist. Damit es Raum angenehm warm bleibt, stellte ich den Heizkörper auf die höchste Stufe. Zusätzlich benötigte Tom eine Schüssel heißes Wasser, ein Handtuch und einen Waschlappen. Nachdem ich alles vorbereitet habe unterhielten wir uns über den weiteren Ablauf. Zunächst wollte er von mir wissen, ob es Stellen an meinem Körper gibt, die er nicht berühren soll. Das konnte ich klar beantworten.

Nein, ich möchte überall berührt werden. Unter den Füßen bin ich etwas kitzlig, aber das wirst du dann schon merken.

Dann sagte er mir, dass wir mit dem ersten Ritual der Tantramassage beginnen werden. Dabei handelt es sich um das Duschritual.

Zu Beginn einer Tantramassage wäre es für die Haut günstig, möglichst heiß zu duschen. Die Haut reagiert nach einem warmen Duschvorgang sensibler auf Berührungen. Im Anschluss kann ich mir ein Kimono oder Seidentuch um meinen nackten Körper binden und dann das Wohnzimmer betreten.

Tom
Viele fragen mich, Eva-Maria, ob wir nicht gemeinsam duschen können. Meine Antwort lautet immer: Nein, keinesfalls. Bereits unter der Dusche sollen sich die Nehmenden auf die bevorstehende Tantramassage mental vorbereiten. Somit begegnen sie nach der Dusche dem Tantramasseur entspannt gegenüber.

Ehrlich gesagt war ich froh darüber, noch vor der Tantramassage alleine unter die Dusche zu springen. Damit hatte ich Gelegenheit, mir meine Beine, Achseln und den Intimbereich zu rasieren. Ich wickelte mir das Seidentuch um meinen Körper. Gerade soweit, dass die Brüste bedeckt waren. Dennoch konnte man beide Nippel sehr gut sehen. Sie waren hart und standen weit nach vorne. Meine Haare steckte ich hoch und bin zurück in das Wohnzimmer. Tom hatte zwischenzeitlich alles vorbereitet. Ich hörte die tantrische Musik, die er über sein iPad abspielte. Tom begab sich direkt nach mir in die Duschkabine. Ich befand mich wartend im Wohnzimmer. Wir hatten den Raum zuvor abgedunkelt. Sein IPad lag etwas abseits auf einem Beistelltisch und eine wirklich schöne, auf mich beruhigende, Musik klang aus den Lautsprecher dieses IPad's. Ich konnte es kaum erwarten, bis Tom zu mir kam. Lange konnte es nicht mehr dauern.

Mir kamen die Sekunden wie Minuten und Minuten wie Stunden vor. Ich stand in meinem Wohnzimmer. Nackt, nur bekleidet mit einem roten Kimono, welcher meinen Po leicht bedeckte. Wie wird mir Tom gegenübertreten. Hoffentlich hat er nichts an mir auszusetzen. Hilfe, ein fremder Mann begegnet mir gleich in meiner Wohnung und das in so einer intimen Atmosphäre.

Kapitel 4

Die Tantramassage

Nachdem Tom geduscht hat, betrat er das Wohnzimmer. Der Raum war stark abgedunkelt. Dennoch konnte ich ihn gut sehen. Tom trug einen schwarzen Kimono. Darunter war er vermutlich ebenfalls nackt. Er fragte mich, ob ich für meine erste Tantramassage bereit sei. Ich war dermaßen aufgeregt, dass ich kein Wort über die Lippen brachte. Ich nickte nur verlegen. Wir standen uns nahe gegenüber. Uns trennten knapp 30 Zentimeter. Tom war ein Kopf größer als ich. Er griff nach meinen Händen und hielt sie einen Moment fest. Dann flüsterte Tom mir zu, dass er mich zu meiner ersten Tantramassage herzlich begrüßt. Das nannte er im Vorgespräch:

„Begrüßungsritual".

Tom sprach leise in die Musik hinein. So, dass ich ihn trotzdem gut verstehen konnte:

Eva-Maria, ich bitte dich, die Augen bei der Tantramassage zu schließen. Versuche dich komplett fallen zu lassen. Denke an nichts anderes. Genieße die Massage.

Höre in die Musik hinein. Stelle dir vor, welche Instru-
mente gespielt werden. Du stehst im Mittelpunkt. Ich habe
nicht die Erwartung, dass du meine Berührungen erwi-
derst. Das ist heute dein Tag.

Nachdem er mir diese Worte ins Ohr flüsterte, bekam ich
eine Gänsehaut. Ich bemerkte seine warmen Hände. Sie
lösten bei mir eine beruhigende Wirkung aus. Dann
umfasste er meinen Kopf, hielt einen Moment inne und
streichelte mich langsam über die Wangen hinunter bis
zum Hals. Seine Hände bewegten sich weiter zu den
Schultern. Zärtlich berührte er meine Schultergelenke. Es
folgte eine etwas längere und intensive Umarmung.
Ich genoss diesen Moment und hatte das Bedürfnis, ihn
auch zu umarmen. Leider sollte ich das nicht tun. Dann
führte er seine Hände weiter bis zum Po. Diesen umfasste
er mit einem kräftigen Griff. Ich spürte, wie er seinen
athletischen Körper an mich schmiegte. Dabei nahm ich
seinen harten Penis wahr. Er presste ihn fest an meinen
Unterbauch. Was für ein Gefühl. Ich konnte ihn bis zum
Bauchnabel spüren. Sein Lustspender hatte eine schmale
Form. Die Durchschnittslänge eines deutschen Penis ist
im erigierten Zustand ca. 13-15 cm. Ich schätze ihn etwas
länger ein.

Einen Moment verharrte er in dieser Position. Scheinbar
erregte es ihn, mich so in seinen Armen zu halten. Ich
bemerkte, dass seine Eichel kräftig Sekrete abgab. Mein
Unterbauch war nass und durch seine leichten Hüftbewe-

gungen rieb er seinen Penis an meiner Bauchdecke. Immer wieder, auf und ab. Das Gefühl erhöhte meine Geilheit. Ich wünschte mir, dass er den Haupteingang findet und seinen Penis hineinstößt.

Aber er hatte andere Pläne mit mir. Behutsam führte Tom seine Hände von meinem Po weg nach oben. Gleichzeitig änderte er seinen Stand. Langsam neigte er sich in die Hocke. Sein Kopf war jetzt direkt vor meinem Schambereich. Gut, dass ich mich vorher rasiert habe. Ich hörte seinen schweren Atem und nahm es durch einen Hauch an meinen Schamlippen wahr. Tom pustete sie bewusst an. Ein schönes Gefühl. Wird er sie gleich mit seiner Zunge berühren? Es war für mich ein einzigartiger Moment. Ich zitterte vor Erregung. Der abgedunkelte Raum, die Entspannungsmusik und dieser hübsche Mann. Wir beide völlig nackt. Er berührte mich mit seinen Händen so intensiv, dass mein Körper permanent bebte. Ich hatte keine Ahnung, was weiter passiert. Meine Gedanken konnte ich in diesem Moment nicht sortieren. Mein Puls schoss in die Höhe und das war höchstwahrscheinlich erst der Anfang.

Noch in der Hocke sitzend massierte er meine Knöchel. Wie zuvor bewegter er seine Hände hoch zu den Waden, Knie und Oberschenkel. In der Leistengegend berührte er mich mehrfach und sehr geschickt. Insbesondere den äußeren Intimbereich. Das ist zum wahnsinnig werden. Jedes Mal, wenn er meine Leisten touchierte, überkam mich eine Welle von Lustgefühlen. Kurz darauf richtete er sich auf und stellte sich hinter mir. Ich bemerkte, dass er sich von hinten eng anschmiegte. In dieser neuen Position war seine Erektion erneut deutlicher spürbar. Seinen steifen Penis führte er geschickt durch die Pospalte nach oben und er parkte ihn für einen Moment in meiner Po-Ritze. Seinen Kopf legte er an das rechte Ohr und pustete vorsichtig hinein. Seine Arme umschlangen mich kräftig von hinten. Die Hände bewegte er zu den Hüften und umkreisten meinen Bauch. Dann bewegte er sie aufwärts zu meinen Brüsten. Als er meine steifen Nippel anfasste, überkam mich ein weiterer Gänsehautanfall. Seine Hände griffen wieder nach den Brüsten. Er hielt einen Moment inne. Ich spürte das Blut, welches durch seine Adern floss. Zusätzlich drückte er sich intensiver an meinen Körper. Sein Penis war immer noch steif in meiner Po-Rille. Ich schmolz dahin. Streckte ihm den Po entgegen. Ich merkte, wie sich dieser Prachtschwanz in meiner Furche bewegte. Meine Beine wurden weich und ich hatte Schwierigkeiten, mich aufrecht zu halten. Ich ließ mich etwas nach hinten fallen, um Stabilität in meinen Stand zu bekommen. Er nahm meine Gewichtsverlagerung an und gab mir etwas mehr halt. Ich hätte stundenlang so in seinen Armen verbringen können. Seine Atmung wurde schneller. Es schien ihn ebenfalls zu erregen. Mit unseren gemeinsamen rhythmischen Bewegungen presste er mir seine Hüfte entgegen. Ich erwiderte es mit gleicher Intensität. Leise flüsterte er mir ins Ohr, dass ich mich jetzt auf den Bauch legen sollte.

Nachdem ich diese Position eingenommen habe, griff er zum Massageöl und begann meine Füße und Unterschenkel mit Öl einzureiben. Dazu spreizte Tom etwas meine Beine.

Langsam glitten seine Hände über die rechte Wade hinauf zum Oberschenkel. Wie in Zeitlupe massierte er meinen Oberschenkel. Bei der Aufwärtsbewegung berührte er wiederholend meine äußeren Schamlippen. Bei jeder Berührung zuckte ich leicht zusammen. Das habe ich lange vermisst. Ich konnte es kaum erwarten, dass er seine Hände wieder in die Nähe meines Schams führte. Ein irres Gefühl. Als nächstes legte er meine Beine geschlossen nebeneinander. So eng, dass sich die Knöcheln berührten. Ich spürte, wie er das warme Massageöl auf meinem Körper verteilte. In diesem Moment nahm ich diese beruhigende Musik intensiver wahr. Ich fühlte mich wie im siebten Himmel.

Mein Rücken, die Pobacken und meine Beine waren komplett mit Öl bedeckt. Es roch nach Minze. Was passiert als nächstes? Ich vermute, dass er sich vor meinen Füßen kniete, denn sein Oberkörper berührte meine Waden. Langsam schlängelte er sich nach oben zu meinem Kopf. Als Tom komplett auf mir lag, verharrte er einen Moment in dieser Position. Ich spürte seine Wange an meiner Wange. Dann führte er seinen Mund ganz nahe an meinen Mund vorbei. Es fehlte nur Millimeter und er hätte mich geküsst. Unsere Wangen der anderen Seite berührten sich ebenso innig. *„Lieber Gott, lass diese Sekunden nicht* *vorbei gehen*" dachte ich in diesem Moment. Es waren genau die Sehnsüchte, die mich seit Monaten quälten.

Ein attraktiver Mann begehrt mich und gibt mir das Gefühl, wieder eine Frau zu sein. In dieser Form berührt zu werden, war einfach schön. Ich hätte gerne vieles erwidert. Tom gefiel mir. Dennoch sagte ich mir, es ist nur eine Tantramassage. Keine Verpflichtung, kein Date und keine zwischenmenschliche Annäherung.

Das machte es für Tom einfacher. Trotzdem fühlte ich mich in diesem Moment geborgen, begehrt und erobert. Sein steifer Penis befand sich wieder gut platziert in meiner Po-Rille. Tom bewegte ihn aufgrund seiner Hüftbewegungen hin und her. Man hätte annehmen können, dass er mich soeben fickt. Zuvor hat er seinen besten Freund zusätzlich mit Öl eingerieben. Ich stöhnte auf und wünschte mir, dass er den Weg in eines meiner Löcher findet. Egal ob vaginal oder anal. „*Tom fick mich*" schrie ich in Gedanken. Ich verlor erneut die Kontrolle. Meine Muschi war extrem feucht. Wenn ich jetzt aufstehe, würde ein großer Wasserfleck auf dem Laken zum Vorschein kommen. Permanent spürte ich eine Gänsehaut nach der anderen. Seine Haut auf meine Haut. Er schob sich zwischenzeitlich mit seinem ganzen Körper auf meinem Rücken liegend hin und her. Dann diese Hüftstöße. Ich will die Energie herauslassen und dieses leise Stöhnen nicht länger unterdrücken. Erst schämte ich mich, doch mit zunehmender Erregung war mir alles egal und ich schrie meine Lust heraus. Seine Bewegungen intensivierte er gleichzeitig. Tom spürte, dass er mich fast um den Verstand brachte.

Ich hoffte, dass sein Penis den Weg in meine nasse Spalte findet. Aber Tom wusste, wie er sein bestes Stück geschickt einzusetzen hat. Er vermied es, in mir einzudringen. Ich bettelte förmlich darum, indem ich mein Becken fester entgegen drückte. Ich schrie: „Ja" dann pustete er mir wieder leicht in's Ohr. Seine schneller werdende Atmung nahm ich wahr. Ja, er war enorm erregt. Ich spürte, wie sich mein Orgasmus ankündigte. Die Muskelkontraktionen wurden intensiver. Mein Kopf schien zu explodieren und es hörte nicht auf. Ein unbeschreibliches Gefühl. Tom hatte scheinbar etwas dagegen. Er verlangsamte seine Bewegungen. Keine Ahnung, was er vor hatte. Wir redeten nicht miteinander. Ja, in dem Moment flachte meine Erregungskurve leicht ab. Die tantrische Musik, die ich aus dem Hintergrund wahrnahm, hielt mich an einen der schönsten Orte des Universums fest. Ich fühlte mich wie im Paradies. Nach wenigen Minuten löste Tom die Umarmung, stand auf und deckte mich mit einem seidenen Tuch zu. Ich lag weiterhin auf dem Bauch und bemerkte, dass er sich hinter meinen Kopf kniete. Dann zog er das Seidentuch im Zeitlupentempo langsam zu sich hinauf. Das Gefühl dieses Tuches auf meiner Haut, welches meinen Körper entlang nach oben gezogen wurde, war extrem gut. Dann legte er das Tuch wieder weg. Was geschah als nächstes? Er massierte meinen Kopf. Leicht, ohne Druck. Seine Knie befanden sich rechts und links neben meinen Ohren. Ich lag weiter vor ihm auf dem Bauch. Seine Hände massierten meinem Nacken und glitten weiter entlang zu den Schultern. Mit gekonnten Griffen berührte Tom die Schulterblätter und zog seine Hände weiter über die Wirbelsäule hin bis zum Po. Um dahin zu kommen, streckte er sich auf mir liegend sehr lang. Bedingt durch das Massageöl rutsche er förmlich auf mir. Sein steifer Penis befand sich jetzt direkt in meinem Nacken. Sein Gesicht lag direkt gegenüber meinem Po. Nun rieb er seinen Körper erneut intensiv auf meinen Körper. Was geht jetzt in dem Mann vor? Hatte er das Bedürfnis, mit mir Sex zu haben? Es passierte nicht. Tom machte mit seiner Tantramassage weiter.

Als nächstes veränderte Tom seine Position. Er kniete sich seitlich neben mir und massierte mich jetzt von der Seite. Hauptsächlich Rücken und meinen Po, nebst Innenschenkel. Wenige Minuten später spreizte Tom meine Beine und kniete sich direkt dazwischen, um die Po Massage zu optimieren. Intensiv massierte er meine Pobacken und streifte jedes Mal mit beiden Daumen meinen Anus. So eine spezielle Massagetechnik habe ich noch nicht erlebt. Es war nur eine Frage der Zeit, bis er mich wieder so weit hat, dass ich die Kontrolle verliere. Es tat mir so gut. Nachdem er mit meinen Po fertig war stand Tom auf und kniete sich vor meinen Füßen. Es erfolgte nochmals die Body to Body Massage. Zuvor rieb er wieder seinen Vorderkörper komplett mit dem Massageöl ein. Dann spürte ich, wie er sich langsam mit seinem Körper auf mir nach oben schob. Da war es wieder. Dieses geile Gefühl eines auf mir liegenden Mannes. Nachdem er seine Endposition erreicht hat, begann er mit diesen wunderbaren, rhythmischen Stößen. Sein Penis war hammerhart. Er positionierte ihn wieder in meiner Po Ritze. Ich konnte ihn spüren und erwiderte seine Stöße durch das Entgegenstrecken meines Hinterns. Je intensiver, umso geiler war ich. Diesen harten Schwanz wollte ich unbedingt in mir spüren. Leider ergab es sich nicht. Tom blieb seiner Linie treu. Vielmehr flüstere er mir kurz darauf ins Ohr, dass ich mich langsam auf den Rücken legen soll. Ich war wieder überrascht. Wieso hatte sich dieser tolle Mann so unter Kontrolle? Meine Hoffnung lag darin, dass ich in der nächsten Position mehr Glück habe. Nach dem Umdrehen blinzelte ich vorsichtig in seine Richtung. In der Bauchlage sah ich zuvor nicht viel. Tom erklärte mir schon vor der Tantramassage, dass ich mich auf mich konzentrieren soll und nicht auf das Geschehen, welches rundum passiert. Nun, ich war halt neugierig.

Aufgrund des abgedunkelten Raumes sah Tom nicht, dass ich blinzelte. Vor mir stand ein anschaulicher, nackter Mann. Seine markanten Gesichtszüge passten zu seiner Figur. Breite, muskulöse Schultern. Seine Bauchmuskeln waren ausgeprägt und deutlich erkennbar. Ich sah wieder diesen gut geformten und erigierten Penis. Er stand kerzengerade. Seine Oberschenkel waren muskulös. Er machte offensichtlich Krafttraining. Ich hatte alles gesehen und schloss wieder die Augen. Tom kniete sich vor meinen Füßen und verteilte etwas Massageöl. Langsam massierten seine Hände zunächst die Unterschenkel und dann die Oberschenkel. Dazu stellte er meine Beine im Winkel aufrecht und spreizte sie etwas. Alleine der Gedanke, dass seine Hände nach oben wanderten, machte mich wieder horny. Im weiteren Verlauf wechselte Tom seine Position. Er kniete sich so hin, dass mein linkes angewinkeltes Bein zwischen seinen Beinen positioniert war. Sein Penis berührte mein seitliches Schienbein. Er massierte in diesem Moment ausschließlich den Oberschenkel und das durchaus geschickt. Zwischenzeitlich schob er seine Hände hoch in die Leistengegend. Seine Handrücken berührten jeweils meine Schamlippen. Das sind bewusste Techniken, die er einsetzte, um mich wieder zu erregen. Diese knackigen Schamlippen reagieren darauf sensibel und verursachten bei mir Lustgefühle ohne Ende. Ein leichtes Stöhnen konnte ich nicht unterdrücken.

Tom sagte zu mir im Vorgespräch, dass er erotische Spannungsbögen aufbaut, diese abflachen lässt, um sie erneut zu steigern. Ich gebe zu, dass es ihm perfekt gelingt. Nach diesen Berührungen habe ich mich lange gesehnt. Tom stellt eindeutig seine eigenen sexuellen Bedürfnisse zurück und er gibt mir das Gefühl, absolut im Mittelpunkt zustehen. Andernfalls hätte er mich schon längst gefickt. Aber er hält sein Versprechen ein.

Im nächsten Schritt umfasste Tom meine beiden Fußgelenke und positionierte meine Beine eng nebeneinander. Auf meinen Bauch und Beine träufelte er das warme Massageöl. Im Anschluss umfasste er mit beiden Händen meine Fußknöchel. Seine Hände wanderten streichelnd über das Schienbein hinauf zu den Oberschenkeln. Die angewandte Massagetechnik war perfekt. Ich hatte das Gefühl, dass er in meinem Körper hineinhorchen und meine Empfindungen spüren kann. Langsam streckte er seinen Oberkörper über meine Beine. Er rutschte förmlich an mir hoch. Das Massageöl verwandelte unsere Körper zu einer Rutschbahn. Nachdem sein Kopf in meiner Kopfhöhe angekommen ist, drehte ich völlig durch. Tom lag jetzt komplett auf mir. Meine Beine waren geschlossen. Am liebsten hätte ich sie weit auseinandergespreizt und geschrien, *„nimm mich jetzt"*. Ich zitterte am ganzen Körper. Meine Geilheit konnte er hören und fühlen. Sein Penis war steif. Er hatte ihn so platziert, dass er auf meinem Venushügel lag. Aber so geschickt, dass er nicht in mich eindringen konnte. Warum tat er es nicht? Seine Hüfte bewegte sich in einem ansteigenden Rhythmus. Ich bemerkte seine Stöße, die mich in den Wahnsinn trieben. Sein Becken schob er permanent vor und zurück. Ich konnte seinen harten Schwanz spüren, wie er sich an meinen Bauch rieb. Dieser Mann brachte mich um den Verstand. Ich warf ihn praktisch meine heiße Muschi entgegen. Will er denn nicht wahrnehmen, dass ich bereit bin? Dann schrie ich *„fick mich jetzt sofort"*. Darauf reagiert er nicht. Im Gegenteil. Er steigerte den Rhythmus seiner Stöße. Sein Penis quetschte er gegen meine Bauchwand. Ich presste meinen Unterkörper bei jedem Stoß entgegen und hoffte, dass er in mich eindrängt. Zudem bemerkte ich, wie sich erneut Tom's Atmung beschleunigte. Ein klares Zeichen, dass er ebenfalls hochgradig erregt war. Meine Muschi glich zwischenzeitlich einem fließenden Gewässer. Ich spürte auf meinem Bauch, wie sein Penis reichlich Flüssigkeit produzierte. Eine von der Natur vorgegebene körperliche Reaktion bei Männern, um den Geschlechtsakt zu vollziehen. Damit bereitet sich sein Schwanz, aufgrund der natürlichen Instinkte, darauf vor, mich zu ficken. In seinem Kopf ist es anscheinend nicht angekommen. Sein Schwanz wollte das und ich ebenfalls. Meine Geilheit verleitet mich, pervers zu denken.

Was hatte Tom vor? Ich konnte diesen Mann nicht lesen, bestenfalls spüren, wie er immer wieder seinen steifen Schwanz auf meinen Unterleib rieb. Dann legte Tom seinen Kopf an meine Wange und flüsterte mir zu, dass ich ihm vertrauen und entspannen solle. Ich bemerkte, wie er seine Zunge an meinen Hals entlang führte. Hinunter bis zu den Brüsten. Dann züngelte er an den Brustwarzen. Er saugte kräftig daran. Was für ein wohltuendes Gefühl. Dass ich darauf total abfahre, war Tom nicht bekannt. Er bemerkte es. Diese Berührungen waren etwas Besonderes. Ein weiterer Orgasmus deutete sich an. Es baute sich erneut diese wahnsinnige Körperspannung auf. Ich spürte, wie sich in mir eine große Welle erhob. Die Atmung wurde flacher, schneller und mein Puls schoss in die Höhe. Tom hatte ein Feingefühl für diese Situationen. Er saugte stärker an meinen Nippeln. Je intensiver er das tat, je mehr verlor ich die Kontrolle. Dann rollte die nächste Lawine auf mich zu. Dieser Orgasmus fühlte sich anders an. Aufgrund der Reizung meiner Brustwarzen bescherte Tom mir einen Orgasmus, den ich kürzer, dennoch intensiver erlebe. Das dauerte ca. 20 Sekunden. Die hatten es in sich. Ich schrie alles raus und die körperliche Explosion setzte ein. So einen intensiven Orgasmus, ohne dass meine Vagina berührt wurde, hatte ich bislang noch nie. Langsam beruhigte ich mich wieder und Tom veränderte seine Position, indem er sich neben mir legte. Er schmiegte sich eng an meinen Körper. Ich lag auf dem Rücken. Die Beine leicht gespreizt. Tom schlug ein Bein über mich bis zu meinen Hüften und hielt mich in dieser Umklammerung fest. Zeitgleich legte er seinen Arm um mich herum und streichelte sanft meine Haut. Ich fühlte mich in diesem Moment geborgen. Wir hörten zusammen Musik. Ich dämmerte vor mich hin und war vollends glücklich. Tom berührte weiterhin die Stellen, die für ihn erreichbar waren. Ein schöner Abschluss, dachte ich. Scheinbar war er noch nicht fertig. Tom signalisierte mir, dass er mich in die Schößchen Stellung haben wollte. Ich ließ es zu und veränderte die Lage und begab mich in seinen Schoß. Wir lagen zusammen wie ein Ehepaar. Eng umschlungen. Nackt und einfach nur glücklich. Seine rechte Hand berührte meine Brüste.

Wenige Augenblicke später legte er sie auf meinen Venushügel. Nach Jahren der Enthaltsamkeit hat jetzt ein Mann seine Hand an meiner Muschi. Ein Mann, der es perfekt versteht, mich zu nehmen. *„Komme ich doch noch in den Genuss eines Ficks mit Tom?*

Plötzlich umkreiste sein Mittelfinger meinen Kitzler. Ich vermutete eigentlich, wir wären fertig. Das war scheinbar ein Irrtum. Sobald er seinen Finger tiefer in mich hineinführte, plätscherte es hörbar. Ich war total nass zwischen meinen Beinen. Sein Finger befindet sich in mir, nun will ich auch seinen Schwanz spüren. Ich versuchte mich so zu positionieren, dass er in mein Lustloch einfahren kann. Sein göttlicher Kolben war weiterhin hart und stand aufrecht, wie zu Beginn der Tantramassage. Es fehlen nur wenige Zentimeter und er ist in mir. Tom bewegte sich so geschickt, dass es leider keine Gelegenheit dazu gab. Wie viele Signale muss ich ihm noch zusenden? In mir brodelte es zunehmend. Der Mann macht mich heiß, er macht mich willig und verrückt. Doch er gibt mir nur seinen Finger. Dieser bewegte sich im tiefen Gewölbe meiner Lustoase. Ich bemerkte, dass er sich jetzt auf eine Stelle, wenige Millimeter hinter meiner Klitoris, konzentrierte. Diese penetrierte er nun ständig. Im nächsten Augenblick durchzuckte es mich so krass, dass mein Oberkörper nach oben schoss. Er hat bei mir einen Punkt erwischt, der besonders empfindsam ist. Er drückt einen Knopf in mir und mein Körper gerät nun völlig aus den Fugen. In Sekundenschnelle hatte ich erneut einen Orgasmus. Es kam so schnell, ich wie ein ICE, der mit 320 Stundenkilometer durch einen Bahnhof rauscht. Ohne Vorankündigung. Ich stöhnte und nahm nichts mehr wahr. Meine Augen blieben weiterhin geschlossen. Mein Körper bäumte sich auf. Ich schrie aus Leibeskräften mein Glück in die Welt. Der Orgasmus raste in einer Endlosschleife durch meinen Körper. Er schien nicht aufzuhören, denn die nächste Monsterwelle kam angerauscht. Meine Hände und Arme verkrampften sich wieder. Eine Kontrolle über meine Bewegungen hatte ich absolut nicht. Was machte Tom? In diesem Moment klammerte er mich fest an sich. Ich hatte keine Chance, meine Körperhaltung zu verändern. Er war mir so nahe. Ich zuckte in seinen Armen, bis dieser Wahnsinnsorgasmus abflaute. Ein unbeschreibliches Gefühl.

Kapital 5

Ankommen

Wenige Minuten später hatte sich mein Körper von diesen Mulitorgasmen erholt. Wir lagen immer noch eng beieinander und Tom streichelte mich so zärtlich, wie es mein Ex-Mann früher nie getan hatte. In dieser Situation dachte ich an den Mann, der mich in seinen Armen hielt. Gutaussehend und attraktiv. Warum verzichtete er auf seinen Spaß? Ich wollte letztmalig den Versuch unternehmen, ihn zu berühren. Meine rechte Hand wanderte etwas nach hinten, um ihn anzufassen. Er ließ es zu. Ich erreichte nur seinen Oberschenkel und Po. Seine Haut war angenehm zu berühren und durch das Massageöl eher glitschig. Er lag ruhig da. Ich erwartete, dass er mir etwas Spielraum für meine Berührungen gab. Ich wollte eigentlich seinen Penis in die Hand nehmen und ihm zu seiner Befriedigung verhelfen. Tom ließ es nicht zu. Er machte die Tür zu, indem er keinen Spielraum zwischen unseren Körpern frei gab. Ich hatte den Eindruck, Tom genoss jetzt diese Ruhephase. Ich fand es trotzdem schön, dass er zugelassen hat, von mir wenigstens oberflächlich berührt zu werden. Wir lagen nackt und engumschlungen zusammen. Die Musik lief noch im Hintergrund. Die Atmosphäre im warmen, abgedunkelten Raum war schon einzigartig. Ich bin, trotz des fehlenden Sex, sehr zufrieden. Was soll es, dachte ich mir. Tom hat es vor der Massage gesagt. Jetzt darf ich mich nicht darüber wundern, dass er Wort gehalten hat.

Diese Tantramassage hat meine Erwartungen übertroffen. Ich hatte, abgesehen von meinem Traum und der anschließenden Selbstbefriedigung, die besten Orgasmen meines Lebens. Deshalb genoss ich die entspannte Ruhe und Toms Nähe. Eines war mir klar. Das war nicht meine letzte Tantramassage. Ich hoffe, dass Tom mir Gelegenheit für eine weitere Massage gibt. Dann vielleicht auch mehr?

Nach knapp 30 Minuten ist Tom aufgestanden und in´s Bad, um zu duschen. Ich blieb liegen und dachte über das Geschehene nach. Wenn ich auf die letzten 90 Minuten zurückblicke, könnte der Eindruck entstehen, dass es nur um Orgasmen und Genitalmassage ging. Dieser Gedanke würde dem Geschehen nicht gerecht werden. Tom hat mit seiner sensiblen Art und Massagetechnik eine super Tantramassage durchgeführt. Erst jetzt ist mir bewusst, wie vielseitig eine Tantramassage sein kann. Tom meinte, ich habe nur einen kleinen Ausschnitt erlebend dürfen. Wenn diese Mulitorgasmen nur einen kleinen Teil einer Tantramassage spiegeln, dann möchte ich nicht wissen, was noch alles kommen kann.

Ich habe mir zwischenzeitlich mein Seidentuch umgebunden, dann kam auch Tom bereits angezogen aus dem Bad. Er fragte mich, ob mir die Massage gefallen hat. Gleichzeitig bemerkte Tom, dass ich keine klassische Tantra Massage erhalten hätte. Ich schaute ihn fragend an.

Tom

Eva-Maria, du bist eine hübsche Frau und hast einen guten Charakter. Deine Geschichte hat mich berührt. Ich spürte deine Sehnsucht nach Körperlichkeit. Das hat mich beeindruckt und deshalb habe ich das Massageprogramm ein wenig angepasst. Eine klassische Tantramassage war das heute nicht. Ich gab dir etwas mehr. Vielleicht nicht alles, was du dir gewünscht hast. Dennoch bin ich über das Übliche hinaus gegangen. Bitte habe Verständnis dafür, dass ich trotzdem gewisse Grenzen eingehalten habe.

Ich ahnte, was er meinte.

Eva-Maria

Tom, ich möchte auch ehrlich zu dir sein. Für diese tolle Massage bedanke ich mich bei dir recht herzlich. Du bist sehr einfühlsam. Ich habe jede Sekunde deiner Berührungen genossen. Es ist mir zu keinem Zeitpunkt schwergefallen, mich fallen zu lassen, da ich dir sofort vertraut habe. Insgeheim hatte ich gehofft, dass du mich nimmst. Letztendlich haben wir uns beide an die Regeln gehalten.

Es war besser so. Hättest du meine intimen Vorstellungen erfüllt, wäre die Spannung früher entwichen. Bis zum Ende stand ich deshalb voll unter Beschuss meiner Lusthormone. Deshalb habe ich meine Orgasmen auf einer hochgradig sensitiven Ebene wahrgenommen. Tom, du hast dich richtig verhalten.

Ich bedankte mich bei Tom und sagte ihm, dass ich mich freuen würde, wenn wir das wiederholen könnten.

Das war sicher nicht meine letzte Tantramassage.

An dieser Stelle danke ich nochmals Tom dafür, dass er mir so viele Einblicke in die tantrische Welt gegeben hat. Zudem möchte ich mich bei allen Frauen bedanken, die mir ihre Erfahrungen in einem persönlichen Gespräch geschildert haben. Als Frau weiß ich, dass solche intimen Auskünfte nicht selbstverständlich sind.